31 Mai 1883. V

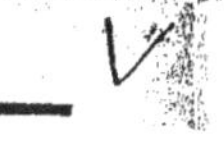

CATALOGUE

DE

PORCELAINES ANCIENNES

DE LA CHINE ET DU JAPON

GRAND NOMBRE DE TASSES ET SOUCOUPES

Formant la 2ᵉ partie de la Collection de M. Des M...

OBJETS D'ART

MEUBLES ANCIENS — BRONZES — LIVRES

TABLEAUX ET DESSINS

Appartenant à M. C..., de Marseille

DONT LA VENTE AURA LIEU

HOTEL DROUOT, SALLE Nº 7

Les Jeudi 31 Mai et Vendredi 1ᵉʳ Juin 1883,

A DEUX HEURES

COMMISSAIRE-PRISEUR

Mᵉ PAUL CHEVALLIER, Succʳ de Mᵉ CHARLES PILLET

10, RUE DE LA GRANGE-BATELIÈRE, 10

EXPERT : M. CHARLES GEORGE, 12, rue Laffitte.

Chez lesquels se trouve le présent catalogue.

EXPOSITION PUBLIQUE : le Mercredi 30 Mai 1883,

De une heure à cinq heures.

CATALOGUE

DE

PORCELAINES ANCIENNES

DE LA CHINE ET DU JAPON

GRAND NOMBRE DE TASSES ET SOUCOUPES

Formant la 2ᵉ partie de la Collection de M. Des M...

OBJETS D'ART

MEUBLES ANCIENS — BRONZES — LIVRES

TABLEAUX ET DESSINS

Appartenant à M. C..., de Marseille

DONT LA VENTE AURA LIEU

HOTEL DROUOT, SALLE Nº 7

Les Jeudi 31 Mai et Vendredi 1ᵉʳ Juin 1883,

A DEUX HEURES

COMMISSAIRE-PRISEUR

Mᵉ PAUL CHEVALLIER, Succʳ de Mᵉ CHARLES PILLET

10, RUE DE LA GRANGE-BATELIÈRE, 10

EXPERT : M. CHARLES GEORGE, 12, rue Laffitte.

Chez lesquels se trouve le présent catalogue.

EXPOSITION PUBLIQUE : le Mercredi 30 Mai 1883,

De une heure à cinq heures.

D 054'?

CONDITIONS DE LA VENTE

La vente sera faite au comptant.

Les adjudicataires payeront *cinq pour cent* en sus des enchères.

L'exposition mettant le public à même de se rendre compte de l'état des objets, il ne sera admis aucune réclamation une fois l'adjudication prononcée

Paris. — Typ. Pillet et Dumoulin, 5, rue des Grands-Augustins.

DÉSIGNATION

PORCELAINES DE LA CHINE

ET DU JAPON

Dépendant de la Collection de M. Des M...

1 — Deux vases carrés à trois ressauts en vieux chine, décorés en émaux de la famille verte de paysages, d'animaux, de papillons et d'arabesques.

2 — Deux vases balustres en ancienne porcelaine de l'Inde à médaillons de figures encadrés d'ornements bleus sur fond rehaussé d'or.

3 — Garniture de cinq vases en ancienne porcelaine de l'Inde, fond rouge brique rehaussé d'or à médaillons de figures.

4 — Deux bouteilles à pans et à goulot renflé en ancienne porcelaine de l'Inde décorés chacun de deux sujets familiers et de fleurs avec rehauts de dorure.

5 — Deux boîtes lenticulaires à couvercles repercés à

jour, en ancienne porcelaine de Chine décorée en couleurs à dragons et rosaces.

6 — Deux flacons en ancienne porcelaine du Japon décorés de compartiments carrés à fond bleu et ornements en couleurs et or.

7 — Bouteille à panse sphérique côtelée et à goulot, à bourrelet en vieux chine, décorée de plantes aquatiques et de fleurs en émaux de la famille verte.

8 — Bouteille de forme analogue, en porcelaine du Japon polychrome.

9 — Bouteille de même forme et une cuvette en ancienne porcelaine mince de l'Inde, décorée de deux médaillons à mandarins et de quatre médaillons de fleurs sur fond de rosaces en bleu.

10 — Paire de vases balustres à deux anses au col en ancienne porcelaine de l'Inde, décorés de médaillons à sujets familiers sur fond couvert d'œils-de-perdrix.

11 — Deux petites potiches en ancienne porcelaine du Japon reticulées à jour et décorées en bleu, rouge et or.

12 — Buire en vieux chine décorée en vert et en rouge.

13 — Encrier ovale en vieux chine décoré en couleurs.

14 — Vase forme gourde à trois renflements en vieux chine décoré de corbeilles de fleurs, d'attributs et de papillons.

15 — Petit vase gargoulette en vieux chine à côtes, décoré
en émaux de couleurs.

16 — Petits vases sphériques en porcelaine de Chine décorés de figures en émaux de couleurs.

17 — Bourdaloue en ancienne porcelaine de l'Inde.

18 — Trois pièces : jardinière, vase gourde et petite potiche
en poterie japonaise imitant le vieux chine, à décor
vert sur fond noir.

19 — Deux petits bols à couvercle en porcelaine de Chine
bleu lapis gravés à inscriptions et quadrillages.

20 — Bol en ancienne porcelaine de Chine émaillée vert
à l'extérieur, et à dragons gravés, ornements en bleu
à l'intérieur.

21 — Bol en vieux chine émaillé gris violet à l'extérieur
avec flammèches réservées ; l'intérieur est décoré d'un
vase au fond, et d'une bande quadrillée en vert au
bord.

22 — Bol en vieux japon décoré à l'extérieur de fleurs
avec médaillons en rouge ; l'intérieur fond bleu offre
cinq réserves et un animal chimérique au fond.

23 — Deux bols en ancienne porcelaine de Chine, décorés
de compartiments d'arabesques en couleurs.

24 — Grand bol en ancienne porcelaine de l'Inde, décoré
de personnages sur fond doré.

25 — Ecuelle à couvercle et son plateau en ancienne porcelaine de Chine, décorés en grisaille de réunions de
personnages.

26 — Plateau composé de neuf compartiments en ancienne
porcelaine de l'Inde à figures.

27 — Curieux plat décoré de deux poissons en or sur fond
quadrillé avec bordure à contours émaillée en vert.

28 — Grand plat hexagone en ancien céladon gaufré.

29 — Bol en porcelaine de l'Inde décoré de sujets familiers.

30 — Chope en ancienne porcelaine de l'Inde à médaillons de figures encadrés de bleu sur fond rouge brique.

31 — Plat carré à angles arrondis et rentrants, en vieux
japon polychrome à fleurs et ornements.

32 à 50 — Environ soixante pièces : Vases, bols, plateaux,
spécimens, etc., en ancienne porcelaine de Chine et
du Japon, en poterie de Satzuma, de Kiotto et autres
fabriques modernes du Japon.
Ce lot sera divisé.

51 — Douze petits plateaux en ancienne porcelaine de
Chine, l'un décoré de rosaces sur fond bleu, cinq à
ornements en relief, deux de forme octogone, et autres
de décors variés.

52 — Dix petits plateaux ronds à bord contourné, en
ancienne porcelaine de Chine, portant des inscriptions

en or, dans des médaillons en bleu entourant un cercle vert quadrillé de noir.

53-66 — Environ trois cents tasses à anse, en ancienne porcelaine de Chine et de l'Inde, décorées en émaux de couleurs, à sujets familiers, fleurs, paysages, etc. Ce lot sera divisé.

67-80 — Environ deux cents pièces, tasses et soucoupes, la plupart en ancienne porcelaine mince de la Chine et de l'Inde, décors variés à sujets familiers de paysages et de fleurs, en émaux de couleurs avec rehauts d'or et en bleu, quelques pièces en porcelaine du Japon. Ce lot sera divisé.

81-90 — Environ cent tasses sans anse de forme arrondie, la plupart en ancienne porcelaine mince de la Chine et de l'Inde, à décors variés. Ce lot sera divisé.

91-100 — Environ cent soucoupes en ancienne porcelaine de la Chine et de l'Inde à décors variés, quelques pièces sont en porcelaine mince de la Chine, émaillée en couleurs et très finement décorées. Ce lot sera divisé.

Objets appartenant à M C., de Marseille.

MEUBLES

101 — Bureau à cylindre et à casier en acajou, époque Louis XVI.

102 — Cabinet Louis XIII en ébène à filets d'ivoire.

103 — Cabinet du xvi° siècle, ouvrant à abattant, à figures sculptées en ronde bosse.

104 — Commode ancienne à deux tiroirs en noyer.

105 — Paravent à quatre feuilles.

106 — Ameublement de style Louis XVI, en bois laqué blanc et mauve, composé de : une table de milieu, deux consoles, deux petites consoles d'encoignure, un canapé, quatre fauteuils, quatre chaises garnies en damas vert, plus quatre rideaux, deux portières et un couvre-lit.

107 — Petite commode Louis XVI à trois tiroirs, en acajou.

108 — Un coffre Louis XIII, en bois sculpté à figures.

109 — Un autre plus petit.

110 — Un buffet en noyer.

111 — Petit bureau Louis XVI en acajou, surmonté d'une étagère à fond de glace.

112 — Glace à fronton.

113 — Guéridon rond Louis XVI en citronnier et acajou à filets de cuivre, dessus en marbre blanc.

114 — Petite table Louis XIII à pieds tournés.

115 — Console Louis XV en noyer sculpté.

116 — Petit guéridon Louis XVI en acajou.

117 — Table à ouvrage en noyer.

118 — Environ vingt sièges anciens, fauteuils, chaises, tabourets, etc.

119 — Trois tables Louis XV en noyer sculpté.

120 — Armoire à ornements rapportés en bois sculpté et doré.

121 — Petite commode demi-lune en bois de rose et marqueterie.

122 — Commode Empire à tête de cariatides en bronze.

123 — Glace Louis XVI à fronton en bois sculpté.

124 — Meuble à deux corps en noyer sculpté à panneanx représentant les Saisons.

125 — Glace italienne à encadrement d'ornements à l'aquarelle.

126 — Une glace Louis XV.

127 — Un bureau pupitre en acajou.

128 — Un bureau à casiers en acajou.

129 — Petite armoire en noyer.

130 — Chiffonnier Louis XVI en acajou.

131 — Deux écrans avec feuilles en tapisserie.

132 — Petit miroir Louis XIV.

133 — Deux boîtes à sel en noyer sculpté Louis XV.

134 — Un coffret Louis XIII en bois sculpté.

135 — Commode Louis XV en noyer sculpté garnie de cuivre.

136 — Commode Régence en bois de placage et cuivres.

137 — Jolie console Louis XVI en bois sculpté et doré.

138 — Horloge Louis XIII garnie de bronze.

139 — Mandoline.

140 — Petit meuble cabinet en bois marqueté, époque Louis XIII.

141 — Commode Louis XV garnie de bronze.

142 — Plusieurs tapis persans.

143 — Lot de rideaux de diverses étoffes.

144 — Trois cadres pour crucifix en bois sculpté et doré.

145 — Lot de petits cadres en bois sculpté.

BRONZES ET OBJETS DIVERS

146 — Deux chenets Louis XVI en bronze.

147 — Fontaine et son bassin en cuivre repoussé.

148 — Plusieurs paires de flambeaux anciens, appliques, etc.

149 — Pendule sans mouvement formée d'une figure de Vestale en marbre blanc.

150 — Deux petits sphinx en marbre blanc.

151 — Porte-huilier en faïence à décor polychrome.

152 — Plusieurs soupières, plats et pièces diverses en faïence ancienne.

153 — Deux plats en japon bleu, rouge et or.

154 — Environ 300 volumes anciens et modernes.

TABLEAUX, DESSINS

ET GRAVURES

155 — Boilly. — Intérieur d'étable.

156 — École française. — Tête d'enfant.

—   —   La Nativité, peinture sur cuivre.

157 — Monticelli. — La Vendange.

158 — Van Kessel. — Vase de fleurs.

159 — École flamande, xve siècle. — Portrait d'homme.

—   Portrait de femme.

160 — Clérian. — La Confession.

161 — École française. — Portrait d'homme.

162 — École française. — Portrait d'homme, pastel.

163 — Huet. — La Nativité, dessin plume et sépia.

164 — Borel (attribué à). — Composition allégorique

165 — Hemessen (attribué à). — Portrait de femme repré-
sentée à mi-corps.

166 — École française. — Portrait d'homme.

167 — École flamande. — Plusieurs tableaux.

168 — Deux gravures, d'après Greuze, la Malédiction
paternelle et le Testament déchiré.

169 — Senave. — Imprimeurs en fête.

170 — École de Largillière. — Portrait de femme.

171 — Henri Monnier. — Aquarelle.

172 — École moderne. — Marine.

173 — Pillement. — Paysage avec chute d'eau (deux
pendants).

174 — Van Goyen. — La Fenaison, signé et daté 1626.

175 — Breughel (attribué à). — Jésus guérissant les
malades.

176 — J.-B. Van Loo. — Dessin.

177 — Van der Kabel. — La Marchande de fruits.

178 — Sous ce numéro, divers tableaux, dessins et
gravures.